August Kopisch

Entdeckung der Blauen Grotte auf der Insel Capri

Verone

August Kopisch

Entdeckung der Blauen Grotte auf der Insel Capri

1st Edition | ISBN: 978-9-92500-144-6

Place of Publication: Nikosia, Cyprus

Erscheinungsjahr: 2016

TP Verone Publishing House Ltd.

Reproduktion des Originals in Großdruckschrift.

August Kopisch

Entdeckung der Blauen Grotte auf der Insel Capri

Es war im Sommer des Jahres 1826, als ich mit meinem Freunde Ernst Fries in der schönen Bucht, an der nördlichen Marine von Capri landete. Die Sonne neigte sich dem fernen Ischia zu, als wir in den rasselnden Uferkies hinabsprangen. Capri war die erste Insel, die ich betrat, und nie werde ich den Eindruck vergessen. Einer meiner liebsten Wünsche erfüllte sich. Ich hörte nun das Meer um alle jene wunderbar gestalteten Felsen rauschen, die schon von Neapel aus meinen Sinn zauberisch gefangen genommen. Jede brandende Wellenreihe sang mir zu: Ich sei vom Festlande geschieden, auf einer Klippe, wo ein einfaches Volk von Fischern und Gärtnern wohnt, und der Hufschlag der Rosse und das Geroll der Wagen unbekannt ist. Mit ihren Felsen und Höhlen, und hängenden Gärten und alten Trümmern, und neuen Städten und Felsentreppen war mir die Insel schon von fern als eine besondere Welt erschienen, erfüllt von Wundern und umschwebt von grauenvollen und lieblichen Sagen, und nun, da meine Zeit nicht eng beschränkt war, durfte ich hoffen diese Welt in allen ihren Grenzen genau durchforschen zu können. Dieser Gedanke machte mich unbeschreiblich glücklich. – Der Strand erfüllte sich bei unsrer Ankunft mit Leuten aus beiden Städten der Insel, Männern und Jünglingen, Weibern und Mädchen, die wohl imstande waren an die alte, schöne, griechische Bevölkerung des Eilandes zu erinnern. Sie nahmen die

1

Ladung des Marktschiffes, das auch uns gebracht, in Empfang, und trugen sie mit besonderer Gewandtheit, teils die hohe Felsentreppe zur Stadt Anacapri, teils die sanftere Lehne nach Capri hinauf. Ein munterer Bursche ergriff unser weniges Gepäck, und langsam folgten wir dem Zuge nach letztgenannter Stadt. Erst befanden wir uns wie auf der Scena eines riesigen Felsentheaters: im Vorgrund eine Reihe weißer Häuser mit flachen Dächern, worüber sich in immer größeren Halbkreisen, Terrasse nach Terrasse, Weingärten erhoben, bis prächtig aufsteigende Felsenwände und die nach oben ragende Stadt den Ausblick umgrenzten. Unser Pfad schlängelte sich jene Terrassen hinan. Die steileren Hänge sahen wir bedeckt von immergrünen Myrten und Lorbeergebüschen, auch Mastixbäume und einzelne Fächerpalmen wurden bemerkbar. Vögel flatterten über uns hin, und von den Ölbäumen herab sangen die Zikaden ihr eintöniges Lied. Der Weg war lang, der Abend lieblich. Alles, was ich je von jenem Eilande gelesen, tauchte vor meiner Erinnerung auf, und mischte sich mit den anmutigen Szenen der Gegenwart. Blickten wir zurück, so schimmerte fern herüber der reizende Golf von Neapel, Ischia, Procida und alle pontinischen Inseln.

Staunend und oft verweilend gelangten wir endlich auf das Joch der Insel, durch ein Turmtor, in die fast orientalisch gebaute, kleine Stadt Capri. Der Knabe, der unsre Habseligkeiten trug, führte uns, bei der Kirche vorüber, in die schöne weiße Locanda des Don Giuseppe Pagano, wo wir, gegen mäßige Vergütung, die freundlichste Aufnahme fanden.

Unser Wirt, ein kleiner behaglicher Fünfziger, führte uns Trepp' auf Trepp' ab in seinem wunderlich, doch sehr heiter gebauten Hause umher, und als ich bei einer kleinen Sammlung alter Bücher verweilend stehn blieb, erzählte er mir: Er habe sie in Neapel gesammelt, als er dort studiert, und stellte sich mir zugleich als den Notar des Ortes vor. Ich war sehr erfreut in ihm einen unterrichteten Mann und in seiner Bibliothek mehrere Bücher, lateinische und italienische, zu finden, die teilweise von Capri handelten. Als er sah, dass ich die Absicht hatte, die Insel recht gründlich kennenzulernen, trug er mir mit großer Freude sogleich Alles zusammen, was mir dazu von seinen Büchern nützlich sein konnte, und versprach den andern Tag noch Mehreres von Freunden beizuschaffen. Er nahm an unsrer, aus allerlei, mir zum Teil noch unbekannten Seetieren bestehenden Abendmahlzeit teil, und wir wurden bald gute Freunde. Nachdem wir uns mit Speise und Trank erquickt, stieg die ganze Familie des Notars mit uns auf das Dach des Hauses, wo wir uns niederließen, und behaglich plaudernd des schönen Blickes über Stadt und Insel bei Sternenlicht genossen. Don Pagano aber deutete im Helldunkel der klaren Nacht auf Alles hin, was ihm merkwürdig erschien und erzählte davon, was er irgend wusste. Unsre Augen folgten ihm angestrengt in das mystische Dunkel und, je weniger wir eigentlich zu erkennen vermochten, je mehr ward unsre Neugier gespannt. Wir besprachen uns mit ihm über die Ausflüge, die wir nach und nach machen wollten, und nahmen uns vor, in den heißen Mittagsstunden zu Hause zu bleiben und die Odyssee zu lesen, auch wollte ich diese Zeit benutzen, in den erwähnten Büchern zu studieren, um, wo möglich, der gründlichste Kenner der Insel zu werden. Erzählen, wie treu wir den in jener ersten romantischen Nacht gefassten Vorsätzen geblieben, wie wir bald nach dieser bald nach jener zertrümmerten Villa Tibers, bald zum Sirenenfelsen hinab, bald die Felsentreppe nach Anacapri hinan, bis zum Gipfel des Monte Solaro emporgeschwärmt, und welche glücklichen Tage wir in der Familie des Notars verlebt, würde den geneigten Leser zu weit führen. Soviel Anmutiges sich darüber beibringen ließe, ziehe ich es vor, hier einen leichten Umriss der Gestalt und Geschichte der Insel zu entwerfen, um dann zur Schilderung eines Abenteuers überzugehn, welches unerwartet Veranlassung gab, dass die Insel und Don Paganos Haus nun häufiger von Fremden besucht werden, als je vorher. Will man sich von der Gestalt Capris eine klare Vorstellung machen, so denke man sich einen Teil des Meergrundes, hier aus Apenninenkalk bestehend, von Morgen her, mit abendlicher Neigung, erhoben zu einer drei Viertelmeilen langen und halb so breiten Scholle, diese jedoch querüber, von Süden nach Norden, so zerbrochen, dass die westliche Hälfte dicht am Abbruch die höchste blieb, etwa 2000 Fuß hoch, während die östliche (zu Anfang die höchste) zurücksank, und in halb so hohen Trümmern stehn blieb. Die Kluft zwischen beiden ließ, obwohl hocherfüllt vom nachstürzenden Geröll, nördlich eine größere Bucht, südlich eine kleinere. Südöstlich ist die Zertrümmerung so stark, dass mehrere turmähnliche Felsensplitter, die Fariglioni genannt, noch weit vom Ufer einzeln dem Meer entragen. Der eine bildet ein riesiges Tor, welches man durchsegeln kann. Ringsher aber ist der ganze steile, mehr oder minder zertrümmerte Felsrand der Insel reich an mannigfaltigen Grotten, gebildet durch Einstürzungen, geschmückt mit bunten Tropfsteinzacken. In viele dieser Höhlen braust das salzige Element hinein, mit all seinen Farbenspielen. In der ältesten Zeit war die Insel mehr zerklüftet als jetzt und allein mit Gestrüpp bewachsen, nur wilde Ziegen waren ihre Bewohner, wovon sie den Namen Capreae erhielt. Ein platter Stein in der südlichen Bucht heißt die Sirene, und die Sage geht: Odysseus habe den gefahrvollen Gesang hier vernommen. Wahrscheinlich erbauten die Telebojer in der nördlichen Bucht die erste Stadt. Die Insel blieb wenigstens lange Zeit der griechischen Kolonie in Neapel unterworfen. Sie blühte fröhlich auf und nach griechischer Sitte waren ihre schönen Jünglinge wohl geübt im Ringen, im Faustkampf, im Wettlauf, im Lanzenwerfen und in allen zierlichen Tänzen.

Als Kaiser Augustus hinkam, gefiel ihm das Eiland mit seinen lustigen Einwohnern so wohl, dass er den Neapolitanern die viel größere Insel Ischia dafür überließ. Eine alte dürre Steineiche soll sich bei seiner Ankunft neu begrünt und dieses Wunder ihn noch mehr zu jener Wahl bestimmt haben. Auf dem östlichsten Felsgipfel erbaute er sich einen prächtigen Palast, wo er oft die Lasten seiner kaiserlichen Arbeiten abwarf und sich an den Wettkämpfen der capraeischen Jugend erfreute. Später ward Capri der Verbannungsort der schönen Julia. Die Trümmer ihres Palastes finden sich am westlichen Hange des Berges, welcher nun den Telegrafen trägt.

Als Tiberius zur Regierung kam, erinnerte er sich der frohen Tage, die er mit August auf Capri verlebt, warf die Plagen und Gefahren der Regierung auf Sejanus Schultern und zog sich auf diesen sichern Felsen zurück, wo er sich den abscheuwürdigsten Freuden ergab, während seine schrecklichen Machtsprüche die Welt quälten. Viele Jahre lebte er hier, beständig misstrauisch um sich spähend von der hohen Klippe, die er, sein Gewissen zu übertäuben, in einen sinnlichen Himmel verwandelte, worin zu schwelgen – er schon zu abgelebt war. Fahrwege wand der greise Tyrann um steile Zacken, auf alle Gipfel fuhr er mit Rossen. Er veränderte die Gestalt der Insel, schwang ungeheure Bogenreihen über tiefe Täler, und schuf sich künstliche Ebnen, worauf er üppige Gärten erblühen ließ, in deren Grotten, Tempeln und Gebüschen die schändlichen Sklaven seiner Laster als Faunen und Nymphen umherschwärmten. Zwölf Paläste ließ er an verschiednen Stellen der Insel entstehen und weihte sie den zwölf großen Göttern. Der dem Jupiter geweihte erhob sich östlich, auf dem äußersten überhangenden Felsgipfel (nun St. Maria del Soccorso), von welchem der Tyrann die Sklaven, denen er übel wollte, über scharfe Zacken hinab in das Meer stürzen und unten mit Rudern zerstoßen ließ. Ein der *Mater magna* geweihter Palast war südlicher in eine abhängige Kluft, um und in eine Höhle gebaut. Der dem Neptun geweihte lag gegen Norden, von der Mitte der Insel, mit schönen Bädern in das Meer hinaus; an den sanften Hang darüber lehnte sich der Venuspalast, wenig entfernt davon ein Amphitheater; an demselben Hange noch östlicher erhob sich, irgendeiner andern Gottheit gewidmet, wieder ein Palast; der Gipfel neben der Stadt aber trug den, in welchem der Tyrann über das Meer blickend auf und ab ging, als er die Nachricht von der Hinrichtung des von ihm verurteilten Sejan erwartete. Die andern Paläste Tibers waren auf der Insel verteilt, bis an das südliche Ufer hinab, wo er, bei jenen fantastisch aus dem Meer emporragenden Felsentürmen, das Arsenal für die Flotte, die ihn beschützte, baute. Dort ließ er in einer mächtigen Strandhöhle seine Schiffe zimmern oder aufstellen. Aus seinen Palästen führten überall heimliche Gänge durch die Felsen bis in die See hinab, wobei er die vorgefundnen Höhlen vielfach benutzte. Zu jener Zeit muss die Insel einen wahrhaft einzigen Anblick gewährt haben, da die wildeste, zerrissenste Natur der Baukunst die mannigfaltigsten Motive bot, und die Schätze der Welt verschwenderisch angewendet wurden, jeden fantastischen Einfall schnell zur Wirklichkeit zu gestalten. Aber alle diese Pracht verschwand, einer Sage nach, bald nach Tibers Tode, zerstört vom Hass und Abscheu des römischen Volkes, und überall, auf Höhen, in Klüften und bis ins Meer hinab, liegen die flüchebelasteten Trümmer.

Nach Tiber besuchte Caligula die Insel, verweilte jedoch nicht lange daselbst. Auch Vitellius war in seiner Jugend hier, Lucilla und Crispina wurden von ihrem Bruder, dem Kaiser Commodus, hierher verbannt. Mit diesen Nachrichten will man obige Sage widerlegen und schiebt alle Zerstörungen auf der Insel den Barbaren und Sarazenen zu, welche freilich in diesen Gegenden schrecklich gewütet haben.

Der furchtbare Seeräuber Barbarossa zerstörte die Stadt am Ufer und soll sich auf jäher Felszacke eine Burg erbaut haben. Ihre Trümmer zeigt man, hoch über der Treppe die mit 554 Stufen zum westlichen höhern Teil der Insel hinanführt. Die späteren Einwohner stellten die neue Stadt auf das Joch der Insel, dem Berg Madonna della Libera nahe. Eine mehrere Hundert Fuß hoch gewölbte Grotte desselben nahm damals die gesamten 2000 Einwohner auf, wenn eine Übermacht von Seeräubern die Insel überfiel. Jene Grotte befindet sich an der Südseite des Berges und hängt ganz uneinnehmbar über das Meer hin, sodass die Flüchtenden sie nur auf aneinander gehängten Leitern erreichen konnten. Die Jünglinge wehrten oft noch den Feind ab, während man die Kranken und Alten, in Körben an langen Seilen, an einigen Stellen erst hinabließ, um sie an andern weiter hinauf bis zur Grotte hinanziehen zu können, wohl über hundert Fuß hoch. Feuerstellen und Trümmer einer zur Abwehr erbauten Mauer sind in der überaus imposanten, oben mit Tropfsteinen geschmückten Höhle noch sichtbar.

In jenen unruhigen Zeiten mag auch die zweite Stadt Anacapri am Monte Solaro entstanden sein, wohin die erwähnte Treppe führt, oben noch versehn mit einer Zugbrücke.

Als in neuern Zeiten die Franzosen Neapel schon eingenommen hatten, hielten die Engländer noch unter Church die Insel besetzt, und erbauten überall Schanzen und Kastelle. Dennoch erstiegen die Franzosen zur Nachtzeit auf der westlichen Seite, wo sich die Insel ins Meer neigt, dieselbe mit aneinander gebundenen Leitern, und trieben die Engländer über Anacapri die unendliche Treppe hinab, über die Höhen der andern Stadt nach dem zertrümmerten Arsenal des Tiber hinunter, wo sie sich bald einschifften und davonsegelten. Die Besatzung des Kastells auf dem höchsten Gipfel der Insel wusste von dem Hergange nichts und schickte nach einigen Tagen ein Kommando hinab, um Proviant zu holen. So erfuhren die Franzosen erst, dass dort oben noch Feinde seien, gingen hinan und nahmen, ohne großen Widerstand zu finden, auch jenen höchsten Punkt ein. Sie zerstörten die Befestigungen dort oben, weil sie sich als völlig unnütz erwiesen. Nichts aber gleicht der Aussicht, welche man von jenem höchsten Punkt aus genießt. Zweitausend Fuß erhoben stürzt die höchste Zacke nach Süden so schroff ab, dass man mit einem Stein in das Meer werfen kann. Nach Westen senkt sie sich immer noch steil, doch nicht so jäh, nach der Stadt Anacapri hin, bildet dahinter eine sanft abfallende, breite, schön bebaute Lehne, die mit unzähligen höhligen und rissigen Riffen ins Meer geht. Nach Norden schaut man über die Barbarossaburg, nach Osten aber übersieht man die schöne fruchtbare Kluft, welche die Insel teilt, mitten die Stadt Capri, rechts und links die südliche und die nördliche Bucht, den erwähnten Berg mit der mächtigen Höhle, gekrönt von einer Burg, dahinter die Felsentürme mit dem Felsentore im Meer, links darüber den Telegrafenberg und alle zackigen Weinberge bis zum östlichsten Ende, wo die dem Jupiter geheiligten Augusteischen und Tiberischen Palasttrümmer und das Kirchlein St. Maria del Soccorso von der äußersten Zacke ragt. Alles dieses bildet den mannigfaltigsten Vorgrund für die Fernsicht auf das blaue Meer, die pontinischen Inseln und Ischia, Procida, die Golfe von Gaeta,

Bajä, Neapel, Sarno und Salerno, hinter allen die blauen Abruzzen, im Mittelgrund den dampfenden Vesuv, näher, die Meerenge von Capri bildend, das prächtige Vorgebirge der Minerva, weiter die Sirenusischen Inseln, tiefer hinein die Ebne von Pästum, und südlicher das schön geschwungene Kap Licosa, welches träumerisch versinkt in die Ebne des Meeres. Wenn ich jener schönen Aussicht gedenke, ist es mir heute noch, als umwehe mich jener himmlische Ätherstrom, den ich dort geatmet; damals aber war das Erklimmen jenes Gipfels der Schlussstein meiner Ausflüge, die ich bei meinem ersten Aufenthalt zur Kenntnis der Insel machte, und mir blieb nun zu meinem nächsten Zweck nichts mehr übrig, als eine Umschiffung und Untersuchung aller ihrer Ufer.

Wir hatten, da das Meer um die Insel bisher täglich heftig bewegt war, den ersten stillen Morgen dazu bestimmt. Endlich schien ein lieblicher Abend uns diesen zu verkündigen. Wir teilten unsre Hoffnung unserm Wirt, dem Notar, mit. Er fand sie begründet und versprach uns zu der Fahrt einen erfahrnen Schiffer zu besorgen, der, wie er sich ausdrückte: die Toten aus der Unterwelt wieder zurückholen könne, so verstehe er, zu rudern. »Er ist alt«, sagte er, »hat aber ein Auge wie ein Falke, ein Herz von Stein, und einen Arm von Eisen.« – Der Mann gefiel mir im Voraus und nachher noch besser; – denn er rettete uns den andern Tag zweimal das Leben. – Es wurde nach ihm gesandt.

Die lange Zeit, ehe der Bote zurückkehrte, benutzte ich dazu, den Notar über die ganze Expedition genau zu befragen, um mir alles Interessante für morgen zu notieren. Er gab mir als alter Capraeer sehr detaillierte Aus-

kunft über alle schönen Stellen der Ufer und ihre Benen-
nungen, die auf seinen schlechten Karten sehr unrichtig
angegeben waren.

Als ich mit Notieren fertig war, gab ich ihm das Blatt
zum Durchlesen. Bei der einen Stelle kniff er den Mund
zusammen, nickte mehrmals mit dem Kopfe und
brummte wunderlich vor sich hin. Ich fragte ihn: ob ihm
noch etwas beifalle? – »Ja«, sagte er nach einer langen
Pause, »mir fällt freilich etwas bei, aber, – es hat eine
eigne Bewandtnis damit: – ich bin nun schon sechsundfünfzig Jahr alt und habe in meinem Leben noch Nie-
manden dazu bereden können, es ist besser, ich lasse das
Ding wieder fahren!« – Damit wollte er schweigen, da
aber meine Neugier nur umso reger wurde und ich ihn
wiederholt gefragt, was er damit meine? Fuhr er endlich
in seiner Rede so fort: »Ja, sechsundfünfzig Jahr bin ich
alt, und habe einen Wunsch mit mir herumgetragen, fast
ebenso lange. Der Wunsch ist folgender:

An der nordwestlichen Seite unsrer Insel ragt eine Art
Turm, Damecuta genannt. Dort umher sind eine Menge
römischer Ruinen und wahrscheinlich war dort ebenfalls
ein Palast Tibers. Im Volk geht auch die Sage, der Ort
habe sonst Dame chiusa geheißen, d. h. Frauenver-
schluss, weil Kaiser Tiber dort seine Mädchen verschlossen.« – Ich warf ihm scherzend ein: Es sei doch wohl
nicht seine Absicht dieselben zu erlösen? –

»Nein«, antwortete er lachend: – »Aber ein Schloss Tibers hat da gestanden! Hört mich weiter«, fuhr er wieder
sehr ernsthaft fort: »Unterhalb jener Trümmer ist am
Ufer des Meeres ein Ort, Grottelle genannt, wo das Meer
in viele kleine Höhlungen mehr oder minder tief ein-

dringt. Eine derselben mit winzigem Eingange ist sehr verrufen und die Schiffer halten sich auch am hellen Tage fern davon, meinend, der Teufel wohne darin mit vielen bösen Geistern. Ich aber«, – hierbei sah er sich um, ob ihn jemand der Seinigen höre, und fuhr, als er uns allein sah, leiser fort: – »Ich aber glaube es nicht. – Hier auf der Insel darf man so etwas nicht laut werden lassen, sonst wird man für wenig fromm gehalten. – Indes Ihr seid ein studierter Fremder und werdet mir zugeben: Die Frömmigkeit bestehe in etwas Andrem, als im Glauben an Teufelsgespenster. Genug, ich habe von Jugend auf eine Sehnsucht verspürt, gerade in diese Höhle zu schwimmen und sie zu erforschen. Dabei gestehe ich Euch aber ebenso offen, dass mich bei dem Gedanken doch ein Schauerchen anweht, und dass ich es nie wagen wollte und jetzt, als Familienvater, noch weniger wagen werde, allein hineinzuschwimmen. Da sei Gott vor! Aber wohl hundertmal habe ich als Knabe, als Jüngling und als Mann Freunde und Bekannte, die rüstige Schwimmer waren, gebeten, mich dahinein zu begleiten, vergeblich! – Die Teufelsfurcht war zu gewaltig in ihnen, als dass meine Bitten irgendetwas vermocht hätten. Nun aber hört, was mich später noch mehr in meinem Wunsche bestärkt hat. Ich vernahm vor etwa dreißig Jahren von einem uralten Fischer, dass vor zweihundert Jahren ein paar Geistliche den Spuk haben bestehn wollen. Dieselben sind auch ein Stück in die Grotte hineingeschwommen, aber gar bald wieder umgekehrt, in dem sie eine gräuliche Furcht angekommen. Nach der Aussage dieser Priester soll die Grotte inwendig aussehen, wie ein sehr großer Tempel, mit einem Hochaltar; ringsherum aber Alles voll von Götzenbildern sein, und das Wasser innen so wunderlich beschaffen, dass die Angst darin zu schwimmen ganz unbeschreiblich sei. In älteren Büchern stehe auch eine Nachricht davon, die ein Schriftsteller immer von dem andern abgeschrieben: seit vielen Hundert Jahren aber sei Niemand eigentlich darin gewesen.«

»Zu alle diesem kommt noch eins«, sagte der treffliche Notar, indem er seine Hand fest auf die Meinige legte: »ich für mein Teil halte die Ruinen darüber durchaus für ein Tiberschloss und, da Tiber keinen Palast ohne heimlichen Ausgang gehabt, behaupte ich und versichere Euch: Der heimliche Ausgang jener Ruine geht durch diese Grotte! So könnte die Grotte, die inwendig weit gewölbt ist, gar wohl ein Tempel des Nereus und der Nymphen sein, umso mehr, da man aus den alten Klassikern weiß, dass Tiberius die Höhlen von Capri vielfach benutzt und in seinem Sinn ausgeziert hat. Noch muss ich Euch sagen, dass alle Fremden, denen ich bisher davon gesprochen, meine Gedanken als wunderliche Träume belächelt; in Euch aber setze ich das Vertrauen, dass ihr mir Recht gebet, wenn ich behaupte, die Sache sei genauerer Untersuchung wert!«

Ich erwiderte ihm: »Lieber Herr Notar, die Fremden, die über Eure Schlüsse lachten, kommen mir fast so einfältig vor, als die Einheimischen mit ihrer Teufelsfurcht. Alles, was Ihr mir da erzählt, hat Hand und Fuß, und ich bin so vollkommen Eurer Meinung, dass ich vor Begierde brenne, mit Euch den verrufenen Teufelstempel zu untersuchen.« –

»Aber man kann nur schwimmend hinein!« warf der Notar noch zweifelnd ein, »inwendig ist die Grotte tief mit Wasser erfüllt.« –

»Desto besser!«, sagte ich: »So können wir untertauchen, wenn die bösen Geister uns mit Feuer peinigen wollen.«

»Ihr scherzet?« sprach der Notar.

»Nein, ich scherze nicht!« gab ich ihm zur Antwort: »Ihr habt in mir endlich, nach sechsundfünfzig Jahren, den Mann gefunden, der bereit ist, das Abenteuer mit Euch zu bestehen, und, damit Ihr seht, dass ich Ernst mache, lade ich Euch auf morgen ein, mit uns zu fahren. Wir können, da wir doch baden wollten, bei jener Grotte anhalten, und unser Bad bei den Dämonen nehmen, in dem Wasser, das die guten Geistlichen vor zweihundert Jahren so geängstigt hat?« –

Da erheiterte sich das Gesicht des Notars. »Topp!«, sagte er: »Ich bin dabei! Wisset, so alt ich bin: Ich schwimme noch mit jedem um die Wette! – Erlaubt, dass ich Euch küsse, lieber Don Augusto! Sprechen wir nur leise, dass Niemand im Hause etwas davon merkt: Sie lassen mich sonst nicht fort; denn die Angst ist groß, wie ich Euch sage!« –

»Wir müssen uns nur jetzt darüber beraten«, fuhr ich fort, »wie wir das Unternehmen einrichten. Ist der Eingang so klein, wie ihr sagt; so muss es in der Grotte finster sein: Wir werden also Fackeln mitnehmen müssen, oder ein Pechfeuer in einer Kufe?« –

»Allerdings«, meinte der Notar: »Die können wir schwimmend vor uns herstoßen, und dabei trefflich sehen, wie die Grotte beschaffen ist. Angelo soll Alles besorgen!« –

Angelo Ferraro

Mein Reisegefährte, der bisher geschwiegen hatte, warf hier ein, die Sache werde so zu umständlich und zeitraubend, auch gäbe es viel solcher Höhlen, die Italiener glaubten, überall Schätze zu finden: Er stimme gegen das Unternehmen. – Da wurde das eben noch heitre Gesicht des Notars leichenblass, ich aber sagte ihm: Er solle getrost sein, die Sache werde jedenfalls durchgesetzt. Nun stellte ich meinem Freunde wiederholt vor, wie wir morgen doch hätten baden wollen, und ein Bad in der Grotte nicht länger aufhalte, als ein anderes. Wir könnten daher Alles recht gut mit der Umseglung der Insel vereinigen, habe er aber morgen nicht Lust, so wolle ich die Sache verschieben. Endlich gab er nach, und versprach mit hineinzuschwimmen. Niemand war froher als der Notar. Indem kam Angelo Ferraro der alte Schiffer, ein Mann, dem Meerluft und Sonnenbrand die Farbe der Zimmetrinde gegeben. Mit schlichtem, festem Anstande trat er vor uns hin, die Schifferkappe in der Hand. Wir fragten ihn, ob er sich getraue, uns um die ganze Insel zu fahren? – »Meine Herren, so gut wie ein

Andrer!« war seine Antwort. Hierauf gab ihm der Notar die nötigen Aufträge hinsichtlich der Grotte. – Der Mann machte große Augen.

»Diese Herren wollen in die Grotte schwimmen?« –

»Ja! Und ich auch«, sagte der Notar: »Willst Du mit hinein Angelo?« –

»Ihr auch?«, sagte der Schiffer, und trat verwundert einen Schritt zurück. »Und wenn es so ist«, schloss er mit dem Fuße stampfend: »So gehe ich auch mit hinein! Ja, Angelo geht mit!« –

»Bravo Angelo!«, rief der Notar.

»Ja!«, sagte Angelo: »In dieses Teufelshaus habe ich schon lange einmal hineinkucken wollen, aber allein? – da sei Gott vor! Nun aber sind wir unsrer Vier, und wo ihrer Viere sind, weichen die Dämonen. Ich werde mich selbst in eine Kufe setzen, und voran hineinrudern, die Kufe mit dem Pechfeuer aber angebunden vor mir hertreiben; so können die Herren sich besser umsehen, als wenn sie sich selbst damit plagen, und das Feuer so dicht vor der Nase haben.« –

»Bravo Angelo!« wiederholte der Notar.

»Bravo Angelo!« scholl es auf einmal ganz leise und ironisch aus einer Ecke.

Wir blickten hin.

»O weh, mein Bruder der Canonico!«, seufzte der Notar für sich hin. Wir waren mit Angelo zu laut geworden, und Alles war verraten.

Der Canonico trat mit erzwungner Höflichkeit heran, und begann mit verbissenem Zorn: »Verzeiht meine

Herren, dass ich so unartig hereingeschlichen. Es wäre nimmer geschehen, wenn mein Bruder da immer handeln wollte, wie es einem guten Christen geziemt. Ich habe schon eine ganze Zeit hier hinter der Glastür gestanden, und mit Verwunderung zugehört, was der alte Mann, der doch endlich klug werden sollte, mit Euch fremden Herren und Angelo verhandelt.« –

»Ach! Grade *der* musste dazu kommen! Nun wird es gut!« seufzte der Notar, und zuckte mit den Achseln. »Lass uns, lieber Bruder!«, bat er den Geistlichen: »Ich habe mit den Herren zu sprechen.« –

»So? Zu sprechen? – Nun, und was denn alles? Böses, lauter Böses! Seht her, meine Herren, hier ist mein Bruder, der sehr geachtete Notar des Ortes, Herr Giuseppe Pagano, ein studierter Mann, ein gelehrter Mann (Don Giuseppe nahm bei jedem Lob, aus Zorn, sein Käppchen ab), ein trefflicher Familienvater, ein braver Gatte, ein vernünftiger Erzieher seiner Kinder, geehrt und geliebt von jedermann; aber – ein Sack voll Narrheit und ein Topf voll Torheit, der oben überkocht! Der oben überkocht!« wiederholte er im Eifer. »Geh Angelo!«, sagte der Notar: »Geh, und tue, wie ich Dir geheißen.« – Angelo ging; der Canonico aber wendete sich zu uns, und fuhr fort: »Ihr, meine Herren, verzeihet mir, Ihr lasset Euch, da Ihr fremd auf der Insel seid, von meines Bruders Schwatzhaftigkeit zu einem Unternehmen bereden, das gefährlicher ist, als es scheint. In eine Grotte schwimmen, mag Euch leicht dünken, weil Ihr über Ströme geschwommen seid, und im Meere nicht untersinkt. – Wisset Ihr denn aber, was Ihr in der Grotte für Wasser antreffen werdet, ob das Wasser Euch trägt, ob der Teufel nicht Trug macht, und Ihr sinkt in die ewigen Flammen? Seht, meine Herren, das wisset Ihr nicht. Ihr habt vielleicht nicht gehört, wie es um die Insel von Haifischen wimmelt, die den Menschen fressen, weshalb man hier nur zwischen den Steinen zu baden waget. Gut, werdet Ihr sagen, sind wir in der Grotte, so sind wir zwischen den Steinen, und die Haifische werden uns nichts tun. Was denkt ihr? Glaubt Ihr nicht, der Teufel könne sich ganz andre Fische darin halten, wogegen die Haifische nur fromme Lämmer sind? O, lachet nicht meine Herren! Was ich sage, ist nicht leere Einbildung. Tatsachen, reine Tatsachen sprechen dafür. Ihr werdet in alten Büchern von Sirenen und Tritonen gelesen haben. Nun, diese Sirenen und Tritonen sind Teufel, die solche Gestalt annehmen, und noch andre, um den Menschen zu schaden, und ihn vom ewigen Heil abzuziehen!« –

»Herr Canonico«, warf ich ihm ein, »die Sirenengeschichten sind alte griechische Märchen, daran glauben wir nicht!« –

»Alte griechische Märchen?!«, rief der Canonico, und hob beide Arme auf. »Wollte Gott es wären bloß alte griechische Märchen, so würde man sie nicht noch heutzutage sehn müssen! Wie lange ist es denn her, dass ein Fischer auf der Insel starb. Wie hieß er doch?«

»Kein Mensch weiß es!« fiel der Notar voll Ärger ein.

»O ja! Viele wissen es noch!« fuhr der Geistliche fort: »Kurz, der Fischer starb an einer entsetzlichen unheimlichen Krankheit, weil er einen Meermann gesehn hatte. Wie kam das aber? – Er fuhr in die Nähe jener Teufelsgrotte, da Fische zu harpunieren. Der Morgen war sehr schön, und er konnte die Muscheln auf dem Grunde des Meeres kriechen sehn, obwohl es da 60 Ellen tief ist. Da sah er auf einmal alle Fische fliehn, aber ganz in der Tiefe einen einzigen bleiben; derselbe fing an herumzuschwimmen, immer höher und höher im Kreise um seine Barke. Der Fisch hatte Mannslänge. Der Mann nahm also die stärkste seiner Harpunen in die rechte Hand, legte die Schnur zurecht und lauerte, die linke am Ruder. Der Fisch kam immer mehr herauf, und sah bald rot bald grün aus, ebenso waren die Augen bald rot bald grün. Dem Fischer, der nie einen solchen Fisch gesehn hatte, ward etwas unheimlich zu Mut; aber, statt wie ein guter Christ ein Vaterunser zu beten, damit der Fisch wieder abgezogen wäre: fasste sich der Mann, wie die Weltkinder sagen, ein Herz, und warf, als der Fisch ihm nahe kam, die Harpune in Teufels-Namen. Da sah er sie auch mitten in den Nacken des Fisches hineinfahren, das Meer aber färbte sich so rot vom Blute, dass er bald nichts mehr darin erkennen mochte. Von dem Fische glaubte er, dass er ihn auf der Stelle getötet, weil die Schnur gar nicht straff ward, und begann sie heraufzuziehen. Siehe da, die Harpune kam ohne Fisch und ohne Gabel herauf und war mitten entzwei, nicht abgebrochen, sondern wie abgeschmolzen. Da kam den Fischer eine Furcht an. Er ließ das Ende der Harpune ins Schiff fallen, ergriff beide Ruder, und begann aus allen Kräften zu rudern, um hinwegzukommen; aber – die Barke ging nicht von jener Stelle, sondern immer grade so im Kreise herum, wie zuvor der Fisch geschwommen war; endlich aber stand sie ganz still, und aus dem roten Wasser erhob sich ein blutiger Mann, der hatte die Gabel der Harpune in der Brust stecken, und drohte ihm mit der Faust. Da sank der arme Fischer ohnmächtig hin, und die Barke trieb mit ihm auf den Wellen bis nach der Marine von Capri. Dort kamen ihm bald Freunde zu Hilfe. Drei Tage war er völlig stumm, endlich am vierten konnte er erzählen, was ihm geschehn war. Nun aber erging es ihm wunderbar. Die Hand, womit er die Harpune geworfen, fing an zu dorren und zu welken, wie ein Blatt, desgleichen welkten nach und nach der Arm und alle seine Glieder, zuletzt schrumpften der Leib und der Kopf so zusammen, dass er sterben musste. Die Leiche aber sah nicht aus wie eine Menschenleiche, sondern wie eine getrocknete Wurzel bei einem Apotheker.« –

»Warum nicht gar wie der Zopf an einer Perücke!«, sagte der Notar, stand ärgerlich auf, und ging im Zimmer hin und her. Der Canonico ließ sich aber nicht stören, sondern sprach immer weiter, und war ganz unerschöpflich in Märchen von dieser Grotte, die er für reine Tatsachen hielt. Zuweilen, sagte er, erblicke man Feuer darin, zuweilen sähen Tiere, wie Krokodile, daraus hervor. Der Eingang verändere sich täglich siebenmal und sei bald weiter bald enger. Bei Nacht sängen die Sirenen darin, und inwendig sei Alles voll von Totengebeinen. Dann und wann schreie es darin, wie kleine Kinder. Stöhnen und Ächzen sei das Allergewöhnlichste, was man da vernähme, auch sei es gar nichts Seltenes, dass junge Fischer in jener Gegend verschwänden. –

»Das ist Alles nicht wahr, und lauter Fabel!«, rief endlich der Notar, dem die Geduld ausgerissen war: »Lass uns, lieber Bruder! Wir haben die Fahrt einmal fest be-

schlossen, und nichts in der Welt kann uns davon ab-
bringen!«

Der Canonico versuchte nun, den Sinn des Notars mit
geistlichen Ermahnungen zu wenden. Dieselben fingen
sehr sanft an, da der Notar aber immer entgegen sprach,
wurden sie immer heftiger, und beide Brüder endlich so
laut, dass die Frau des Notars, die ganze Familie hinter
sich, hereintrat, und fragte, was sie so entzweie? – Der
Canonico rief sie feierlich an: »Hört liebe Frau Schwäge-
rin, was Euer Mann, mein Bruder, tut! Hört liebe Kinder,
was Euer Vater vorhat! In die Höhle will er schwimmen,
morgenden Tages, mit diesen Herren!« –

»In welche Höhle?« –

»Ach! In die Teufelshöhle, wovon er immer spricht!« –

»I, das wird ja mein Mann nicht tun!«, sagte die Frau
ganz erschreckt.

»Ja Frau, jetzt tue ich es gerade!«, sagte der Notar:
»Willst Du mitkommen, mein Sohn?«

»Ja!«, sprach der muntre zwölfjährige Bursche seine
Hand fassend: »Wo der Vater hingeht, geh' ich mit!« –
»Bravo!« sagten wir.

Das war dem guten Geistlichen zu viel. Er faltete die
Hände und ging, für seines Bruders Seele betend, nach
seinen Zimmer.

»Nun haben wir Ruhe!«, sagte der Notar; »jetzt Frau,
lass das Abendbrot aufsetzen! Streiten macht hungrig.
Ich will hinuntergehen, und von dem besten Weine her-
aufholen, den ich irgend habe.« – Damit ging er hinaus,
und die Frau, gewohnt sich in seinen Willen zu fügen,

seufzte vor sich hin, und tat, wie er befohlen. Die Töchter aber fragten uns sehr teilnehmend: ob wir denn wirklich Leib und Seele aufs Spiel setzen wollten? Und gingen nicht im Mindesten darauf ein, als ich die Sache ins Scherzhafte zu ziehen suchte. Das Abendbrot war aufgetragen, der Notar schleppte eine riesige Phiole des köstlichsten Weines heran, und, da ihm die Trauer in den Gesichtern seiner Töchter missfiel, gebot er ihnen zur Ruhe zu gehn. Alle drei sahen sich noch einmal nach uns um, so bange, als wenn sie uns für verlorne Menschen hielten. Dann zogen sie die Tür hinter sich zu.

Der Notar aber sprach aufatmend: »Nun sind wir unter uns, nun wollen wir fröhlich sein!«

Die Ermahnung ging uns zu Herzen. Wir setzten den trefflichen Meerspinnen und der riesigen Flasche tapfer zu, und stießen mehr wie einmal auf gutes Gelingen unsers Abenteuers an. Der Notar ließ alle Vorstellungen los, die er sich, von Jugend an, von der Grotte gemacht hatte, ich erfand neue dazu, und sprach immer von Statuen und großen Schätzen, die wir da finden würden und finden müssten! – Dem Notar schien in seiner Freude nichts zu abenteuerlich. Er sagte zu Allem: Man kann nicht wissen! Wer weiß! Warum denn nicht? Es ist alles möglich! Und dergleichen mehr. Mein deutscher Freund, der für die Sache weniger begeistert war, schloss endlich: »Wisst ihr, wie ich mir die Grotte inwendig denke? Nass, feucht, dunkel und finster und damit Punctum! Gehn wir schlafen!« – Damit standen wir auf. Der Notar umarmte uns, und da es spät geworden war, eilten wir zur Ruhe zu kommen.

Ich brachte die Nacht halb schlummernd, halb wunderlich träumend hin. Natürlich führte mich der Traum in die Grotte. Wir waren dort ausgestiegen und kamen in lange Gänge. Hier und da waren Gerippe in allerlei Stellungen in Fesseln aufgehangen, wovon eines immer lateinisch fluchte. Auf einmal hörten wir Tritte, und sahn den Kaiser Tiberius kommen. Ein römischer Soldat trat vor, und fragte, was wir wollten? Über dem Besinnen auf Antwort erwachte ich – dann schlief ich wieder ein, und träumte, wir seien wieder in der Grotte und fänden eine Tür von Erz. Wir hatten Brecheisen, und als wir die Tür aufbogen, sahen wir durch die Ritzen einen prächtigen Saal. Auf einmal sprang die Tür vor uns auf, und ein Sturm wehte uns entgegen. Das Meer war in den Saal gebrochen, und zertrümmerte die Prachtsitze, die Bildsäulen und Dreifüße. Alles rollte durcheinander. Die Wellen ergriffen auch uns und schleuderten uns längs der gemalten Wände umher. Ich hielt mich, endlich gegen die Decke geworfen, an einen dort angebrachten Ring, und blieb eine Weile schwebend, aber der Ring gab nach, die Decke bog ein, Alles stürzte zusammen, und ich – erwachte. Nicht lange, so brach der Morgen an, ich weckte meinen Freund, wir kleideten uns an und gingen zu Don Pagano, den wir schon in vollem Zeug und Zuge fanden. Er hatte einen Korb mit Lebensmitteln für unsere Expedition gefüllt, auch eine Laterne dazu gepackt, für den Fall, dass wir in der Grotte ausstiegen. Überdem kam das Frühstück, der kleine Sohn Paganos jubelnd dahinter. Nachdem wir uns erquickt hatten, zogen wir fröhlich aus. – Die Familie des Notars blickte traurig nach. In einer halben Stunde gelangte der kleine

Zug zur nördlichen Marine hinab, wo Angelo, dem sich unser Eseltreiber Michele Furerico gesellt, bereits unsrer wartete. Die Kufen, Pechpfannen, Laternen und Stricke wurden auf ein kleineres Boot gepackt. Wir selbst bestiegen ein größeres und schleppten jenes nach. Der Eseltreiber und Angelo ruderten nun so schnell mit uns dahin, dass wir sie bitten mussten, langsamer zu fahren, um die Ufer betrachten zu können, indem sie allerlei Merkwürdigkeiten boten. Links gewandt durchschnitten wir, einen langen Streif hinter uns lassend, das spiegelglatte Element, dicht an der nördlichen Küste, vorüber der Neptunsvilla Tibers, und befanden uns bald unter der fast überhangenden Felswand. In dieser bemerkten wir da, wo sie sich niedriger und niedriger neigt, mancherlei Nischen und Tropfsteinhöhlen, in deren einige das Meer hineinwogt. Ich brannte vor Ungeduld zu der besprochnen zu gelangen, mein Reisegefährte bezeugte jedoch, je näher wir kamen, je weniger Lust mit hineinzuschwimmen. »Der Notar hat uns etwas vorgeschwatzt, wir werden nichts finden, und er wird uns dann obenein auslachen!« war seine Rede. – Ich sagte: Das solle der Notar nicht, wir wollten ihn in die Mitte nehmen, sodass ich voran schwömme und er ihm folge, und, wenn sich in der Grotte nichts finde, könnten wir ihn zur Strafe nach Belieben tauchen; dann sei das Lachen auf unsrer Seite. Dieses Vorschlages war mein Freund zufrieden. Wir begannen, uns zum Bade vorbereitend, die lästigen Kleider von uns zu werfen, und ermahnten den Notar, der etwas ernst geworden war, ein Gleiches zu tun.

»Mir ist noch zu warm!«, meinte derselbe, und blieb, wie er war. Die Rudernden, vorher ziemlich gesprächig, wurden nun auffallend feierlicher. Nicht lange danach bogen wir um eine Felsenecke, die Ruder wurden eingezogen, die Barke stand still. Niemand sprach ein Wort.

»Warum wird denn hier angehalten?«, fragte ich.

»Hier ist die Höhle!«, antwortete Angelo, mit etwas Befangenheit.

»Wo denn?«, fragte ich wieder.

Da zeigte er mir, im Hintergrunde der kleinen Bucht, den finstern Eingang derselben, nicht viel größer, als eine Kellerluke. Das hier tiefblaue Meer wallete ruhig hinein und heraus. Alles schwieg. Don Pagano war sehr nachdenklich geworden.

»Nun Angelo, macht das Feuer an!«, unterbrach ich die bange Stille: »Wir haben nicht viel Zeit, und wollen flink hinein und heraus!« – Angelo stieg nun in die kleine Barke, setzte die Pfanne in die eine Kufe, schlug Stahl an Stein, wie Aeneas Gefährten, und bald loderte und brodelte ein Pechfeuer so lustig, als man jemals eines gesehn. Die Glut und der Qualm war so groß, dass Angelo, wie er die Kufe damit auf das Meer setzte, ein Gesicht machte, wie eine Zitrone unter der Presse.

Wir Fremden lachten herzlich darüber, der Notar aber ward immer ernsthafter.

»Nun, Herr Notar«, sagte ich: »flink ausgekleidet! Wir wollen nun hinein!« –

»Ich bin noch warm, geniert Euch nicht! Schwimmt immer voran, ich werde bald nachkommen!« war die Antwort.

»Nein, liebster Freund«, sagte ich darauf. »so ist die Sache nicht gemeint. Wir schwimmen alle zusammen!«

»Aber warum Alle?«

»Weil es sonst aussieht, als ob ihr Furcht hättet, lieber Herr Notar! Ich will Euch ein bisschen helfen auskleiden!« –

»Nein, nein, lasst mich, ich bin wirklich noch zu warm!« –

»Nun so wollen wir ein wenig warten!«

Der Notar fing endlich an die Oberkleider abzuwerfen: »Geht nur hinein, ich komme bestimmt bald nach!« – »Nein!« sagte ich, ihn bei den Schultern fassend: »Herr Notar, wenn Ihr Euch nicht sogleich zum Schwimmen bereitet, so werf' ich Euch so ins Wasser!« – Dieses Wort, halb ernsthaft, halb scherzhaft gesprochen, verfehlte seine Wirkung nicht. Er war bald von jeder künstlichen Hülle befreit, aber hineinspringen wollte er noch immer nicht. Da gab ich ihm im günstigen Moment einen leichten Druck an die Schulter, und plump! Lag er im Wasser, aus dem er augenblicklich wieder, einem Korkstöpsel gleich, in die Höhe schoss, und prustend auf und nieder hüpfte. Er war eine von den leichten Naturen, die im Wasser nicht untergehn, sondern weit hervorragen. Wir Fremden plumpten nun ebenfalls hinein, und schwammen lustig um ihn herum. Er hatte mir den Scherz nicht übel genommen, teilte indes keinesweges meine Lustigkeit, denn – der verhängnisvolle Moment rückte näher. Angelo, in der einen Kufe nach türkischer Weise kauernd, ruderte, die andre mit dem Feuer vor sich hertreibend, dem Eingange zu. Ich glaube, keiner von uns war ohne eine gewisse Bangigkeit. Nicht als ob ich mich vor fabelhaften Dingen gefürchtet hätte, aber ich gedachte der vom Canonico erwähnten wirklichen Haifische und fragte den guten Angelo: ob man hier welche vermuten könne? – Seine Antwort: »Habt keine Furcht, sie gehn nicht zwischen Felsen!« gab mir nicht genügende Beruhigung; denn, dachte ich: er hat gut reden, er hat seine Beine in der Kufe! – Nun war er unter dem Eingang, nun – tappte er sich an den Wänden hinein. Der gewaltige Rauch des Pechfeuers schlug ihm und mir entgegen, und wir mussten die Augen schließen, als wir unter das innere mächtige Gewölbe kamen. Als ich sie wieder auftat, sah ich Alles finster um mich her. Feuer und Rauch blendete, wo Angelo sich an den nassen Wänden forttappte, und nur mit dem Gehör konnte ich, nach dem Hall der rings anschlagenden Brandung, einigermaßen die Größe des überwölbten Bassins ermessen. Ich schwamm in wunderlich banger Erwartung weiter, vergeblich spähend nach Altertümern. Da merkte ich, dass der Notar und mein deutscher Freund, die mir erst gefolgt waren, beide zugleich umkehrten, und wandte mich, sie zu schelten; aber welch ein Schreck kam über mich, als ich nun das Wasser unter mir sah, gleich blauen Flammen entzündeten Weingeistes. Unwillkürlich fuhr ich empor, denn vom Feuer immer noch geblendet, glaubte ich im ersten Augenblick eine vulkanische Erscheinung zu sehn. Als ich aber fühlte, dass das Wasser kühl war, blickte ich an die Decke der Wölbung, meinend, der blaue Schein müsse von da kommen. Aber die Decke war geschlossen, und ich erkannte endlich, vom Feuer abgewendet, halb und halb einiges von ihrer Gestalt. Das Wasser aber blieb mir wunderbar, und mir schwindelte darin, denn wenn die Wellen etwas ruhten, war es mir gerade, als schwömme ich im unabsehbaren blauen Himmel. Ein banges Entzücken durchzitterte mich, und ich rief meinen Gefährten zu: »bei Allem, was schön ist, kommt wieder herein; denn, wenn nichts in der Grotte ist, als das himmlische Wasser, bleibt sie dennoch ein Wunder der Welt! Kommt, fürchtet Euch nicht: Es sind weder Haifische noch Teufel hier zu sehn, allein eine Farbenpracht, die ihres Gleichen sucht!« – Auf diesen jauchzenden Zuruf fassten sie von Neuem Mut, und schwammen wieder herein. Beide teilten nun mein Entzücken, aber wir Alle begriffen das Wunder nicht, wir konnten es nur anstaunen. Zugleich kam es uns sehr begreiflich vor, dass jene Geistlichen vor zweihundert Jahren das Schwimmen auf diesem Himmel von Wasser ängstlich fanden. Angelo hatte nun mit seinem Feuer den Hintergrund erreicht, wo sich ein Landungsplatz darstellte. Ich schwamm dahin und erklomm das Ufer, wunderbar angeregt; denn die Höhle schien, so groß sie schon war, dort noch viel weiter fortzugehn.

»Hier wird der Gang des Tiberius sein!«, rief der Notar aus dem Wasser. Ich fand es nicht unwahrscheinlich, ließ mir von Angelo eine Laterne reichen, worin ein kleines Lämpchen brannte, und ging bebend vorwärts; denn der Boden war ungleich und sehr schlüpfrig, von der Decke hingen Tropfsteinzacken herab, und bei jedem Schritt veränderten sich die Schatten, überall umherirrend an den abenteuerlich gebildeten Wänden. Bald hier bald da schien sich Etwas zu bewegen. Meine Fantasie, durch das unerklärte Wunder des Wassers und die mannigfaltigen Formen angeregt, sah jeden Augenblick Gestalten, und der Gedanke überflog mich: Es könne die Höhle ein Aufenthalt von Seeräubern sein. Nun sah ich im Schein des schwachen Lämpchens plötzlich etwas Weißes schimmern, und blieb stehen es zu betrachten. – Meine Gefährten aber fragten aus dem Wasser herauf. Warum ich so zurückträte? – »Weil ich ein Gerippe sehe!« wollte ich eben sagen; aber, als ich genauer hinleuchtete, war es eine Tropfsteinbildung, die vor der gespannten Fantasie diese Gestalt angenommen, weil ich anfing, die Höhle für eine Mordhöhle zu halten. Ich schritt weiter vor, aber ein kalter Schauer überlief mich, als ich, vor mich hinleuchtend, plötzlich meinen Schatten nicht hinter mir, sondern neben mir erblickte. Was ist das? Dachte ich bei mir: Geht hier eine Tür auf, werden nun die Mörder gegen dich Waffenlosen kommen, und deine Gefährten dich entsetzt verlassen? – Als ich mich aber trotzend zur Rechten wandte, sah ich, dass hier ein Fenster in den Gang gehauen war. Es mündete in die große Grotte, und das Licht des durchschwommenen Eingangs schimmerte herein. »Hier ist Spur von Menschenhand!«, rief ich den Gefährten zu: »Kommt her und seht ein gehauenes Fenster!« – Der Notar kam eilig näher, und krabbelte sich eifrig an dem Felsen herauf, ihm folgte der deutsche Freund. – »Wahrhaftig, ein gehauenes Fenster!« rief Don Pagano: – »Hier ist der Gang Tibers, – darauf hin will ich den Kopf verlieren!« –

Von dem Fenster aus erschien die Grotte nun in voller Pracht, ein mächtig großes und tiefes Bassin, weit überwölbt von Tropfstein-gezierten, schön geschwungnen Felsen, das Wasser ein wallender Himmel, dessen blaues Licht die Decke darüber zauberisch erhellte. Am hochroten Saume, der rings von Seetieren gebildet, alle Ränder der Grotte verziert, funkelten die Brandungen umher, und spielten die Farben aller Edelgesteine. Zum Eingange herein aber schimmerte das helle Tageslicht und breitete gleich einem Monde seinen Schein über das Wasser.

Wir beschlossen, über ihrer Schönheit, Gang, Tiber und Alles vergessend, die Grotte zu zeichnen, um später zu versuchen, ob wir sie malen könnten. Ersteres zu tun sprangen wir ins Wasser, schwammen hinaus, holten unsre Feldstühle und Mappen, und setzten uns in das Fenster. Einer hielt dem Andern abwechselnd die Laterne, damit er sehn könne, was er zeichnete. – So brachten wir zwei Ansichten der Grotte zustande. Unterdes hatten der kleine Pagano und der Eseltreiber die Barken draußen andern Schiffern übergeben, und schwammen nun jubelnd herein, und jauchzend im prächtigen Wasser der Grotte herum; sie nahmen sich aus wie schwarze Dämonen. Wo sie hinschlugen, sprühten blaue Funken. Don Pagano aber, dem unser Zeichnen zu lange währte, schwamm hinaus, er hatte Geschäfte in Capri und konnte nicht bleiben, so gern er gewollt hätte. Vor der Grotte traf er den Besitzer des Terrains derselben. Dieser war auf das vernommene Jauchzen und Jubeln gleich einer Ziege am Felsen herabgeklettert, und sah eben mit offnem Mund und neugieriger Scheu nach dem Eingange, als – ein ihm bekanntes Gesicht, eben unser Notar, daraus hervorgeschwommen kam! – »Herr Notar, daheraus kommt Ihr?! Was ist denn innen für ein Jauchzen und Jubeln?« – »Der Teufel ist drin!« sagte der nun ganz beherzte Notar, mit behaglichem Humor, und schwamm nach der Barke: »Kuckt selbst hinein, und seht, was er für ein Gesicht hat!«, rief er von dort, als er das Hemd überwarf. Der erstaunte Eigentümer des Grundstücks fasste nun, auf mehreres Zureden, ebenfalls Mut, warf die Kleider ab, und schwamm zu uns herein. Der Eseltreiber und der kleine Pagano begrüßten ihn jauchzend. Der Jubel, die Höhle, das Wasser, das Feuer, unsere sonderbare Zeichnenanstalt, Alles setzte ihn in immer neues Erstaunen. »Wie habt Ihr den Mut haben können in diese Luke zu schwimmen?! Ich bin hier aufgewachsen, Alles das gehört mir, und ich habe nie gewagt zu betrachten, was ich habe! Ihr Fremden habt doch Herzen von Stein und Eisen!« rief er einmal über das andre aus. –

Nun waren wir mit unsern Zeichnungen fertig. Wir beschlossen die Höhle weiter zu untersuchen, ich nahm die Laterne und ging spähend voran, die Andern folgten. Wir kamen zuerst links, in ein labyrinthisches Gewölbe von Tropfsteinen, und gingen über hohle Krusten hin, die uns, oft nur einen halben Zoll stark, dennoch sicher trugen.

Diese Abteilung der Grotte mündete wiederum mit einer Art Tor nach der größeren, eine der prächtigsten Ansichten gewährend. Wir kehrten wieder um, und fanden mehr rechts gewandt, einen längern Gang. Diesen verfolgend, trafen wir einige Steine an, die wie Mauerwerk aussahn...

»Hier ist ein Schatz, und der ist mein!«, rief der Eigentümer, und warf sich darüber hin. Wir mussten herzlich lachen. Es fand sich nichts. Der Schatzsüchtige ließ sich indes nicht irremachen, und die Szene wiederholte sich an andern Stellen zu unsrem Vergnügen noch mehrere Male, bis ein kleiner Vorfall ihn auf einmal aus aller Fassung brachte. Indem er nämlich immer eifrig vor mir herging, stutzte er plötzlich, und kam so eilig zurückgestürzt, dass er mir die Laterne beinah aus der Hand schlug.

»Was gibt es denn da?«, fragte ich verwundert.

»Hört!« war seine Antwort, dabei drängte er sich leichenblass an mich heran, und ich fühlte, wie er zitterte. Der Eseltreiber und der kleine Pagano legten die Hand auf die Lippen, schwiegen und zitterten ebenfalls; mein Reisegefährte sagte: »Nun?«, und Totenstille war um uns her. Nun vernahm man deutlich einen Schall, der wie »piong, pang, pang, pang, pang« aus der schwarzen Tiefe des Ganges ertönte. »Das ist nur Tropfwasser auf hohlem Stein!«, rief ich aus: »Vorwärts!« – Damit schritt ich weiter voran; aber bald ging es sonderbar, hielt ich die Laterne niedrig, so brannte sie schlecht, hielt ich sie höher, brannte sie heller. – »Seht, wie wunderlich es hier bestellt ist, in der Höhle geht es nicht richtig zu, machen wir, dass wir hinauskommen!« flüsterte der Eigentümer den beiden andern Capreern zu, und alle drei bekreuzten sich.

»Hier ist nichts, als schlechte Luft!«, sagte ich zu den Erschreckten.

»Ja, ja die Allerschlimmste!«, meinten sie: »Gehn wir im Namen Gottes wieder hinaus!« – Wir Fremden hielten es nun selbst für das Beste, wieder umzukehren, aber bevor wir das in Ausführung brachten, leuchtete ich noch ein wenig voran, mit hochgehaltener Laterne: Da sahen wir an einer Stelle des Bodens etwas gleich einem schweren weißen Rauch gelagert. Wir hielten dieses Etwas für ein sogenanntes böses Wetter und verweilten einen Augenblick es zu betrachten; denn wir hatten nie dergleichen gesehn. Die Capreer aber beschworen uns umzukehren, und tappten bereits ins Dunkel zurück. Keiner von ihnen wollte der Hinterste bleiben. So lächerlich uns dieses eilige Forttaumeln anfänglich vorkam, so ernsthaft wurden wir, als wir bemerkten, dass wir nicht mehr in dem Gange waren, in dem wir zuerst hereingekommen. Das wirre Tappen der Voranstürzenden ließ mich den Irrtum selbst im Schein der Laterne nicht eher erkennen, bis der Ort, den wir erreichten, von den früheren Stellen auffallend verschieden war. »Gott, erlöse uns!«, riefen die Capreer. Da der Gang, in welchem wir uns nun befanden, aber viel geräumiger und regelmäßiger, als der erste war, legte ich einige Steine in gewisser Ordnung als ein Merkzeichen an die Stelle nieder, wo wir den Irrtum erkannt, und ermahnte Alle diesen Gang ebenfalls zu untersuchen. Wahrscheinlich sei dieser der rechte Hauptgang, indem der andre für ein Römerwerk zu kleinlich erschiene, den andern aber würden wir nach dem Merkzeichen schon wiederfinden. Die Capreer baten mich flehentlich das neue Unternehmen aufzugeben, und mein Freund wollte mich eben auf den Mangel des Öls in unsrer Lampe aufmerksam machen, als sie plötzlich wirklich erlosch. – Da standen wir auf einmal in undurchdringlicher Finsternis, verirrt und ratlos; denn selbst das Merkzeichen, das ich eben hingelegt, vermochten wir, da mehr Steine umherlagen, in der dichten Dunkelheit nicht mehr wiederzufinden. »Wir müssen hier verhungern«, war das erste Wort meines Freundes: »Hier finden wir nun und nimmer hinaus!« – Die Capreer klapperten vor Angst, wie in großer Kälte, und murmelten Gebete zu allen Heiligen. Ich, der ich mir die Schuld an Aller Unglück beimaß, musste alle Kraft zusammennehmen die Besinnung nicht zu verlieren.

»Hier bleibt nichts übrig«, rief ich aus: »als dass wir auf Gott vertraun! Einer muss hier in irgendeiner Richtung fest stehn bleiben, wir andern vier aber müssen rings umhertappen, und nach Ausgängen suchen, so gut es sich tun lässt. Durch Zurufen halten wir uns wohl zusammen, und finden uns nach dem Stillstehenden so lange zurecht, bis wir unsern Zweck erreicht haben!« –

Ernst Fries

Mein deutscher Gefährte fand den Vorschlag nicht ohne Sinn, und half mir eben die Capreer zur Ausführung ermahnen, als ein furchtbares Geschrei, wie das Geheul eines wilden Tieres durch die Finsternis zu uns herdrang. Unwillkürlich drängten wir uns Alle aneinander. – Das Geschrei wiederholte sich. – »Gott sei Dank, es ist Angelos Stimme!« rief Michele, der Eseltreiber: »Die Höhle macht den Schall nur grässlich. Es ist Angelo, er ruft Michele!« – »Wahrhaftig ist es ein Engel!« rief ich. »Er ist nicht weit, nun finden wir uns wohl hinaus!« – Wir gingen vorsichtig, bald rufend, bald horchend, in langer Linie dem Schalle nach, und der Vorderste war nicht fünfzig Schritt vorgedrungen, als er rief: »Ich sehe einen Schimmer, wir haben gewonnen!« – »Wir haben gewonnen!« rief Einer dem Andern zu, und nicht lange, so erblickte auch der Letzte das gehauene Fenster wieder. Nach der schrecklichen Dunkelheit erschien uns das Wunder des blauflammenden Wasserspiegels in doppelter Pracht, und Alle begrüßten wir den guten Angelo mit einem jubelnden *eh viva!* Er schaukelte noch immer in seiner Kufe, das Feuer war jedoch ausgebrannt, und da wir so unendlich lange blieben, meinte er, es sei uns ein Unglück zugestoßen, und er hatte halb aus Angst für sich, halb aus Angst für uns so furchtbar geschrien. Wir stürzten uns nun Alle zusammen aus Lust wieder in den unterirdischen Himmel. Er wallete nun stärker vom zunehmenden frischen Winde, und Angelo trieb uns, die Grotte zu verlassen. »Wollt Ihr die Insel noch umfahren, so haben wir zu eilen.« – Noch einmal erklommen wir das unterirdische Gestade, packten unsre Mappen und Feldstühle in die Kufe, die das Feuer getragen, warfen uns wieder in das schöne Element, und schwammen entzückt hinaus, ohne das Wunder seiner Farbe nur irgend begriffen zu haben, ich aber mit dem festen Vorsatz, es ein andermal bis auf den Grund zu durchforschen. – Die Capreer dünkten sich nun Helden und blickten stolz auf den Eingang: »Wir sind doch wieder herausgekommen! Sant' Antonio hat uns behütet!« – »Die Leute in Capri werden stehn und den Mund aufsperren!« meinte der Eseltreiber, packte die Kufen in das kleinere Boot, und bestieg es mit dem jungen Pagano, der alte war mit einem Fischer auf einem andern nach Capri gefahren. Wir bestiegen mit Angelo das große.

»Rudert uns Niemand, als Ihr?«, fragte ich.

»Seid getrost«, antwortete Angelo: »Ich bin Euch für zwei!« Damit ergriff er zween Ruder, hing sie an die Pflöcke, und fuhr uns aus der kleinen Bucht, links gewandt, um den nordwestlichen Teil der Insel. Dort fanden wir noch viele kleine Höhlen, und, da der Wind immer frischer wurde, an den unzähligen Riffen wunderschöne Brandungen. In einer keilförmigen Enge stiegen die Wogen immer zu einem Strahl empor, und schmückten sich, zerstäubt herabregnend, mit Irisfarben. Als wir, die vielen Klippen umfahrend, südlich kamen, gingen die Wogen immer höher, während die Ufer immer unerklimmbarer und mächtiger emporstiegen. Wir hatten Gelegenheit unsern Angelo zu bewundern. Ganz allein, bezwang er mit seinen zwei Ruderflossen all den Schwall schäumenden Wassers. Unsre Barke, mit ihren gemalten Augen, schoss gleich einem Delfin auf und nieder. Mein Freund konnte das prächtige Schauspiel von Angelos Kühnheit auf den Wogen nicht genießen. Er hatte kurz zuvor das Fieber gehabt, und vom Schaukeln empfand er Kopfweh.

»Sant' Antonio!« scholl es auf einmal aus Angelos Munde. Ein Ruderpflock war in dem mächtigen Kampfe mit den Wellen gebrochen. Das Ruder aber trieb, Angelos Hand entschlüpft, auf dem donnernden Gewoge wider die Felswand. Ich erschrak, denn mit einem Ruder in solchem Aufruhr, was sollte da aus uns werden? Selbst schwimmend hätten wir nicht landen können, denn die zackigen Ufer hoben sich fast steilrecht über tausend Fuß hoch. Die Gefahr wurde durch unterseeische Klippen vermehrt, deren Anwesenheit der unregelmäßig emporspritzende Schaum verkündete. Ich bemerkte auf einer Zacke der Felswand einen Mann, der, an einem Seil herabgelassen, Gestrüpp fällte. Er lehnte das Beil hin, und schlug die Hände zusammen, als er uns in solcher Gefahr sah. Er schien uns gern beistehn zu wollen; aber weiter herabzukommen war ihm unmöglich, an Hilfe von seiner Seite war daher nicht zu denken. – Doch Angelo hatte seine Fassung von Sant' Antonio bereits wiedererhalten, und wusste mit dem einen Ruder das Boot nicht allein von der Felswand abzuhalten, sondern zugleich so zu lenken, dass ich, den günstigen Augenblick ersehend, das verlorne Ruder wieder erhaschen und ihm hinreichen konnte. Eh' er sich, einen Pflock zurück, damit wieder einzurichten vermochte, nahm uns eine ungeheure Woge, und trieb uns so wider die steile Wand, dass wir vor Entsetzen aufschrien; – aber Angelo hatte es bereits mit beiden Rudern der Woge abgewonnen, hielt ab, und weit zurückrollend trieb sie uns fern von den umbrandeten Felsen. Der Holzfäller schrie von oben: »Bravo, Angelo! Bravo!« und wir riefen es von Herzen mit. Es war in der Tat ein Meisterstück der Ruderkunst. Angelos ganze Gestalt hatte sich in dem verhängnisvollen Moment erhöht. Die Ruder wuchsen ihm plötzlich in die Hand, sein Auge blickte fest, seine Füße wurzelten am Boden, ein sicherer Druck, und – wir waren gerettet. – Unser Beifallruf veränderte sein Gesicht wenig, er arbeitete ruhig fort; nach einigen Minuten aber sah er die Felswand, dann mich an, und sagte: »Gott sei Dank, dass ihr mir das Ruder gabt, so sind wir entkommen!« – Dazu schlug er mit der Hand den neuen Pflock fester; und warf sich aufs Neue mit Kraft in die Ruder.

Nun gelangten wir, etwas entfernt, mehreren Höhlen vorüber, deren Schönste die »dell' orefice« (des Goldschmieds) ist. Sie durchbohrt ein vorspringendes Riff, gerade unter der zweitausend Fuß hohen Spitze der Insel. Das Durchfahren war uns diesmal unmöglich. Später habe ich diese, durch bunte Farbe der Wände sehr merkwürdige Grotte zuweilen besucht. An einer Stelle zusammengestürzt, bildet sie eine kleine stille Bucht. In diese flüchtete sich einst ein capreer Fischer vor einem verfolgenden Barbareskenschiff. Die Seeräuber glaubten ihn gefangen zu haben, wenn sie sich ruhig vor den Eingang der Bucht legten. Zum Glück für den Schiffer aber wussten sie nicht, dass er durch den Felsen entkommen könne, und lauerten noch immer vergeblich auf sein Wiedererscheinen, während er schon längst fröhlich bei den Seinigen angekommen war.

Jenes Riff umfahrend, gelangten wir bald zum Sirenenfelsen. Auf diesem platt vorliegenden Steine sahen wir, schon von fern, einen Mann und einen Knaben stehen, und uns mit beiden Armen winken. Als wir näher kamen, hörten wir ihr Rufen. Es waren Michele, der Eseltreiber und der kleine Pagano. Wir landeten in der sandigen Bucht neben dem Stein. Da sagte uns Michele:

Don Pagano sei, weil die See so hoch gehe, in Angst um unser Leben, und habe ihn herabgeschickt, nach uns zu sehn, und uns das Weiterfahren abzuraten. Mein Gefährte, den ein Rückfall seines Fiebers schüttelte, beschloss mit dem kleinen Pagano nach Hause zu eilen, und stieg ans Land. Ich aber veranlasste Michele, sich mit in das Boot zu setzen, und Angelo rudern zu helfen. Mit einem Satz war er bei uns und ergriff das Ruder. Nicht lange, so waren wir unter dem Berge Madonna della Libera. Derselbe bildet mit seinem tausend Fuß hohen Zackengipfel nach dieser Seite fast nur eine Nische, so ungeheuer wölbt sich die schon erwähnte rettende Grotte, welche dem Berge den Namen »della liberazione«, Berg der Befreiung, gegeben, woraus unstreitig »libera« verstümmelt ward. An seinem Absturz befindet sich noch in ziemlicher Höhe eine zweite Höhle, wo hinein ein Gang aus dem nun verlassenen Karthäuser-Kloster führt. Unten am Ufer aber ist mehr östlich die mächtige Grotte des Tiberischen Arsenals, mit vielen Trümmern römischen Mauerwerks. Nunmehr kamen wir den einzeln im Meer stehenden, bis dreihundert Fuß hohen Felsentürmen, den Faraglioni, immer näher und näher. Die Wogen umbrandeten sie mit furchtbarer Gewalt. Nun öffnete sich das prächtige Tor, welches der eine der Felsen bildete. So gewagt es bei der hochgehenden See schien, so mutig steuerten die beiden Männer unsere Barke hindurch; ja als sie merkten, dass ich die Wände und Decke des Tores betrachten wolle, hielten sie an, und führten ihre Ruder so geschickt, dass ich, freilich gefährliche, Muße hatte, die schönen Tropfsteinbildungen zu betrachten, womit der ungeheure, gleichsam gotische Felsenbogen geschmückt ist. Der hohe Gipfel dieser Klippen wird beständig von Seevögeln umschwärmt, und ist überall voll von deren Nestern; zuweilen wird er von mutigen Jünglingen erstiegen. Oben auf soll eine sehr mannigfaltige Vegetation sein.

Als uns die dunkelblauen Wogen zwischen den prächtigen, hie und da goldgelben Klippen hindurchgeschwungen hatten, entfaltete sich der überraschende Anblick des südöstlichen Ufers. Etwas Wilderes und Zerrisseneres von Felsküste habe ich nirgend angetroffen. Hier ist ein Überfluss an den mannigfaltigsten Formen von Zacken, Hängen, Abstürzen, Klüften, Toren, Riffen, Spalten und Land- und Meergrotten, und Nichts malerischer, als die Ansicht der Insel von Südosten, im Mittagslicht. Es ist bisher keine Darstellung derselben bekannt geworden, vermutlich, weil die hier fast beständig hochgehenden Wogen das Zeichnen nach der Natur verhindern. Wir wurden gewaltig geschüttelt, und fanden das Meer erst ruhiger, als wir in die Nähe der Mönchsgrotte kamen. Ich bat meine Schiffer da zu landen, und fand die Grotte voll der schönsten Tropfsteine. In ihrem Innern wölbt sich eine zweite Grotte, wo hinein das Meer dringt, über ihr aber noch eine kleinere, wo die Tropfsteine Ähnlichkeit mit einer Prozession haben, wenigstens ist der eine vordere leicht für einen Mönch zu halten. Von diesem mag die Grotte den Namen *del Monaco*, des Mönches, haben. Wieder in die Barke gesprungen, schaukelten wir nun um das östliche Ende der Insel, unter der Jupitervilla Tibers und ihrer Grotte hin. Dort waren wir von der tausend Fuß hohen Felswand vollkommen gegen den Wind gedeckt. Dies kam uns umso erwünschter, als das Meer am nördlichen Strande, an welchem wir nun hinfuhren, mit lauter kleinen Klippen besäet ist. Wer bei nur etwas Wind dazwischen gerät, ist verloren, denn sie sind von der Brandung so ausgewaschen, dass nur ihre härtesten Adern noch übrig sind, diese aber haben die Gestalt von Disteln mit unzähligen Stacheln. Einige ragen mit nur ganz dünnen Stielen über das Wasser. – Je mehr wir uns nun dem Ort unsrer Ausfahrt näherten, je schneller schwangen Michele und Angelo die Ruder, und, wieder um eine Menge ins Meer hinabgerollter Felstrümmer fahrend, gelangten wir endlich in die nun ersehnte Bucht von Capri. Die Barke rauschte auf den Strand, und wir sprangen auf den Uferkies hinab. Die Leute, welche wir am Ufer trafen, sahen uns mit einem heimlichen Grauen an, stießen sich mit den Armen, und sagten: Die kommen aus des Teufels Behausung *(casa del diavolo)*. Ich lachte und rief ihnen zu: wir brächten einen bösen Geist in einem Sacke mit: ob sie ihn sehn wollten? »Sagt nicht so etwas!« fing Michele an, »die Leute glauben es wirklich, und halten uns am Ende für Schwarzkünstler, das wäre nicht gut!« – Nun trat ich zu den Leuten, und sagte ihnen, dass ich gescherzt, und dazu, dass diese Grotte ebenso wenig des Teufels Wohnung sei, als irgendeine andre, in die sie täglich gingen. – Die Leute behielten aber, ich mochte sagen, was ich wollte, ihr Grauen vor dem Unternehmen. Ich machte nun dem guten Angelo ein Geschenk für seine Tapferkeit und ging mit Michele den langen Weg nach Capri hinauf. Als wir bei des Notars Wohnung anlangten, kam die ganze Familie des Notars mir entgegen. Jedes gab mir eine Blume und drückte

41

seine Freude darüber aus, dass wir Alle glücklich am Leben geblieben seien, und mit heiler Haut davon gekommen. »Wir haben aber auch für Euch gebetet«, sagten sie, und nun erfuhr ich, dass der gute Canonico, während wir in der verrufenen Grotte waren, eigens eine Messe zum Heil seines leichtsinnigen Bruders gelesen, wobei das ganze Haus desselben, inbrünstig betend, gegenwärtig war. Die Freude der liebenswürdigen Leute, dass ihr Gebet erhört worden, war unbeschreiblich. Sie nahmen an unserem Mittagsmahle teil, und waren sehr empfänglich für alle unsre Scherze. Ich sagte ihnen: Angelo hätte eine Sirene gefangen, von wunderbarer Schönheit: Er halte sie in einem Netze im Meere, weil wir ihm gesagt, sie könne sterben, wenn er sie aus dem Wasser hier heraufbrächte. Die jungen Mädchen wollten schon nach der Marine hinab, sie anzusehn, als ich sie auslachte, und sie den Scherz merkten. Bei dem Nachtisch fing der Notar an: »Don Augusto, jetzt lasst uns von etwas Ernsthaftem reden. Unsere Grotte da ist ein solches Weltwunder, dass sie wohl viele Fremden hier nach Capri locken könnte; macht davon eine Beschreibung in mein Fremdenbuch, wer weiß ob das nicht mir und meinen Kindern zugutekommt?« – Ich war gern erbötig seinem Wunsche zu willfahren, und schrieb ein, – was nun schon viele gelesen und abgeschrieben haben. Als ich die Feder dazu ansetzte, hielt Don Pagano meine Hand zurück, und sagte: »Aber Don Augusto, noch eins! Wie nennen wir die Grotte? – bis jetzt hat sie noch keinen Namen.« – Ich las in seinen Zügen den Wunsch, ich möge sie nach seinem Namen Grotta Pagano nennen; ich hätte ihr auch diese Benennung gegeben, aber, da ich ihn gleichsam erst mit Gewalt hineingebracht, hielt ich ihn der Ehre nicht völlig würdig, und antwortete ihm daher: ich wisse keinen bessern Namen für dieselbe vorzuschlagen, als den: *Grotta azzurra*, die himmelblaue Grotte. –

»*Azzurra?*«, fragte der gute Notar.

»Ja«, sagte ich, »*azzurra*.«

»*Azzurra? –* Was soll das *azzurra* heißen?« fragte er kopfschüttelnd.

Ich umschrieb ihm das Wort, so gut ich konnte.

Nachdem er eine Weile bedenklich geschwiegen, sagte er: »Mein lieber Don Augusto: *azzurra* ist kein gutes Wort?«

»Warum nicht?«

»Weil es niemand versteht, es klingt so besonders!«

»Nun«, sagte ich: »Das schadet nicht, die Grotte ist auch etwas Besonderes.«

»Ja«, sagte er: »Das wohl; aber ...«, fuhr er mit freundlicher Höflichkeit fort: »Warum gebt ihr der Grotte nicht lieber Euren Namen?« – Er erwartete nun, dass ich ihr aus Gegenhöflichkeit den Seinigen geben würde; ich sagte ihm jedoch: Meinen Namen könne in ganz Italien niemand aussprechen; überdies sei Angelo mit dem Feuer vorangeschwommen, und, wolle man sie nach einem von uns nennen, müsse sie ganz allein nach dem ersten benannt werden. Ich zöge indes vor sie mit dem Namen *azzurra* zu bezeichnen, dieser werde die Neugier der Fremden weit mehr locken, als irgendein Menschenname. »Nach Menschen heißen so viele Grotten!«, schloss ich meine Rede.

»Ja, aber«, fing Don Pagano wieder an: » *azzurra* ist kein gutes Italienisch!«

»So?«, meinte ich: »Soll ich Euch aus Büchern beweisen, dass es ein gutes Wort ist?« –

»Was bedarf es der Bücher? Ich bin ein geborner Italiener und weiß, dass es weder gesagt noch geschrieben wird!«

»Herr Notar!«, sagte ich: »Lasst uns einmal in Eurer Bibliothek ein bisschen nachsehn, ich will das Wort schon finden!« – Ungern folgte er dahin, und noch ungerner sah er es, als ich ihm dasselbe Wort in sehr vielen Schriften nachwies. – Dennoch sträubte er sich dagegen, und meinte: »Aber lieber Don Augusto, hier auf Capri versteht es Niemand.« – »Nun«, sagte ich: »Die Fremden werden es schon verstehn, die lesen Eure Poeten, bei denen kommt das Wort oft genug vor! – Warum seid ihr nicht zuerst in die Grotte geschwommen? Dann hätte ich sie Grotta Pagano genannt.« – »Ja«, sagte der Notar: »Ich war ein rechter *** dass ich zurückblieb; aber in dem Augenblick fielen mir meine Kinder ein, und, ich leugne es nicht, auch die Geschichten von meinem Bruder, dem Canonico. Nun also gut, ich habe die Ehre nicht verdient; so heiße sie *Grotta azzurra!*« – Damit ergab er sich in Alles, und ließ mich schreiben, was ich wollte.

Das angenehme Gefühl von einem Phänomen so außerordentlicher Schönheit überrascht worden zu sein, wo ich nur alte Trümmer vermutet, ward dadurch bis zum Überreiz erhöht, dass das zauberisch flammende

Blau des Wassers in der Grotte für mich damals ein un-
erklärbares Rätsel geblieben war. In Gedanken schwank-
te ich noch beständig auf dem unterirdischen Himmel
umher, mit der schwindelnden Empfindung, als müsse
ich in die unabsehbare Unendlichkeit fallen, und fortfal-
len, wie man es wohl im Traum zu tun pflegt, und ich
gab mir alle ersinnliche Mühe, irgendeinen Grund der
wunderbaren Licht-Erscheinung aufzufinden; aber vergeblich. Diese fruchtlose Bemühung versetzte mich zuletzt in eine peinigende Unruhe, die natürlich nicht eher
enden konnte, bis ich die Grotte von Neuem untersucht.
Da das Wetter fortwährend stürmisch war, litt ich mehrere Tage an einer wahren Hypothesenqual. Endlich hei-
terte der Himmel sich auf, und eines Nachmittages trat
völlige Windstille ein. Da eilte ich, wie ich konnte, allein
nach der Marine hinab. Der Strand wimmelte von Fischern, und ich gedachte nun augenblicklich ein Boot zu
mieten und hinzufahren, aber – Angelo war nicht da,
und keiner von allen den Schiffern wollte mich auch nur
in die Nähe der Grotte fahren. Ja, sie riefen sich mein
Begehren von einem Ende zum andern zu, und so weit
ich sehen konnte, sah ich nichts, als die rechte Hand an
den Hals halten – zum Zeichen der Verneinung. Die
Leute traten auch wunderlich in Gruppen zusammen,
murmelten untereinander, und zeigten mit beiden Hän-
den nach mir. Ein sehr alter Mann aber sprach zu mir:
»Mein Herr, seid gesegnet, in der Höhle ist der Teufel!«
– Was ich auch dagegen sagte und bot, Niemand wollte
Hand ans Ruder legen, »und wenn Ihr hundert Dukaten
bötet!« schrien sie. Endlich, nachdem beinahe der Abend
herangekommen war, schaukelte Angelo von der

Tunnara her, in einem ganz kleinen Boot, ans Land. Ich lief ihm entgegen, und, so müd' er war, fand ich ihn doch bereit, meinen Wunsch zu erfüllen. Seine Freunde wollten ihn zwar von der Fahrt abreden, aber er sagte ihnen: »Gott hilft uns, was will uns da geschehn?« – »Was will uns da geschehn?« rief noch eine Stimme. Es war Michele, der mich von fern gesehn, und sich sehr willig bezeigte, das Wagestück noch einmal mitzumachen. Ich stieg mit ihm ein, und pfeilschnell durchfuhr das Boot die spiegelglatte Fläche. So ruhig war das Meer an jenem schönen Abende, dass Angelo, als wir bei der Grotte ankamen, sagte: »Heute brauchen wir nicht zu schwimmen, die See hat gar keine Wogen: Ich will sehn, ob ich nicht mit dem ganzen Boot durch den Eingang schlüpfe?« – Gesagt, getan, wir schaukelten, drückten und bogen den kleinen Nachen in jener Enge so hin und her, dass er endlich plötzlich, wie geschnellt, in das Innere der Grotte fuhr. »Sant' Antonio!« rief Angelo, nahm die braune Kappe vom Kopf, faltete die Hände, und fing an zu beten.

»Was habt Ihr, Angelo, welche Furcht befällt Euch?«, fragte ich.

»Ja«, meinte Angelo: »Herein wären wir nun – aber – wie kommen wir wieder hinaus? Mein Schiffchen ist ganz zerschunden, so eng ist die Pforte, ich fürchte beinahe, wir müssen ewig hier bleiben!«

»Kommt ihr auch auf solchen Aberglauben?«, sagte ich: »Habt guten Mut! Bringen wir die Barke nicht hinaus, wenn wir darin sitzen, so schöpfen wir sie halb voll Wasser, und stoßen sie schwimmend hinaus.« –

»Ihr habt Recht: so geht es!« meinte Angelo nun; »aber unsre Kleider werden nass werden!« – »Immerhin!« sagte ich. Indessen waren wir in den Hintergrund der Grotte gekommen, und das Schauspiel, welches sich nun unsern Augen bot, war ganz neu, und von unbeschreiblicher Anmut. Die Grotte war nämlich, da die Abendsonne an den Eingang schien, weit mehr erhellt, als an jenem Morgen, und ihre vielzackige Wölbung zeigte sich in voller Farbenpracht, wo sie heller war, leicht gespiegelt von dem himmelklaren Wasser. Ich ließ die Ruder einziehn; da ruhte das liebliche Element beinahe völlig, und man hätte es für den blauen Himmel selbst ansehn können, wären nicht bald hier bald da silberne Tropfen von der Decke herabgefallen, die es, melodisch tönend und blaue Funken stiebend, mit einem anmutigen Spiel von wallenden Ringen schmückten. In dieses melodische Geträufel stöhnte dann und wann, wie eine atmende Menschenbrust, die leise Brandung, erst außerhalb, dann innerhalb der Grotte. Ich sah nun auch Scharen von einer Art kleiner Fischchen, die, obwohl sie sonst bunt wie Kolibris erscheinen, hier wie schwarze Schwalben in dem Himmel unter mir umherflogen. Wie man ein fernes Gebirge zu erkennen glaubt, wähnte mein in das Blau hinabspähendes Auge nun endlich den Boden des Meeres in der Grotte zu erkennen. Ich machte die Schiffer darauf aufmerksam, wie die fast gelbbraunen Pfeiler, welche das Gewölbe trugen, mit einem grünlichen Schimmer unter dem Wasser fortgingen, und in tiefster Tiefe einen weiten Felsenkessel umgäben. Da sie aber immer behaupteten, es sei der Spiegel des Gewölbes über uns, ließ ich endlich einen Stein, der sich im

Boote vorfand, leise hinabsinken. Nach langer Zeit sah ich denselben sich, wo ich vermutet hatte, von Luftbläschen umgeben, wie einen Klumpen Silber lagern, und mein Beweis war geführt. – Ich zeichnete die Grotte nunmehr noch von zwei andern Punkten. Dabei bemerkte ich, wie das Blau nicht vom nördlichen Eingange her, sondern an der westlichen Felswand am hellsten leuchtete; auch schienen mir die Pfeiler daselbst nicht weit hinunter fortzugehn, sondern nur gleichsam ins Wasser hineinzuhangen. Ich untersuchte den Fels mit dem Ruder und fand, dass er unter dem Wasser, nach dem äußern tieferen Meer hin, eine ungeheure Öffnung hatte, sodass ein guter Taucher unter diesem Felsen hinweg in die Grotte hinein und herausschwimmen könnte. Diesen Weg nehmen denn auch die Lichtstrahlen, und, da das Wasser die Beleuchtung in die Grotte fortsetzt, während ihm selbst das tiefere Meer zum dunkeln Hintergrund dient, muss es als ein erleuchtetes Mittlere, gleich der Luft des Himmels am Tage, notwendig blau erscheinen, und ebenso blaues Licht verbreiten. Da der Boden in der Grotte selbst erleuchtet ist, nimmt das Blau nach ihrem Innern hin allmählich ab, und wird mehr und mehr ein stumpferes Grüngrau, bis wo die Brandung an den bunten Saum der Felsen anschlägt, und das empfangene Licht brillantiert vielfarbig zurückwirft. Ich ließ nun ein Ruder still in das Wasser halten, und die Beleuchtung desselben, an verschiedenen Stellen der Grotte, bestätigte meine Meinung, bis ich endlich, recht aufmerksam hinschauend, das ganze unterseeische Tor und den nach außen schroff abschüssigen Meergrund vollkommen unterscheiden konnte. Ein

Gewimmel von Fischen, das nun hereingezogen kam, und ebenso wieder hinausschwamm, ließ endlich darüber gar keinen Zweifel mehr übrig; – das Wunder war erklärt, und doppelt entzückt, vermochte ich mich kaum vom Ort zu trennen. Endlich machte mich Angelo darauf aufmerksam, wie es schon dunkler und dunkler werde. Die Sonne war im Sinken, – da eilten wir hinauszukommen; aber Eile mit Weile: Wir mussten noch große Geduld anwenden, ehe die Dämonen uns entließen! Das Boot war zu breit, auch begann nach Sonnenuntergang ein Lüftchen Wellen aufzuregen, wodurch unsere Arbeit noch mehr erschwert wurde. Endlich stemmten wir uns gegen die Decke des Eingangs, drückten das Boot etwas ins Wasser, und sieh, es gelang! Wir entkamen diesmal trocknen Fußes; Angelo rief: »Gott sei Dank, dass meine Barke heraus ist! Hätte ich sie darin lassen müssen, so würde ganz Capri sagen: Der Teufel habe sie behalten, und mich für nichts Gutes ansehn!« – »Ja«, meinte Michele: »Schon wegen neulich, betrachten die Meinigen mich als eine halb verlorne Seele!«

Hoch erfreut von dem glücklichen Ausgange meines zweiten Besuches der Grotte, kehrte ich zu Don Pagano und meinem deutschen Freunde zurück.

Wie oft ich später auch in die Grotte, unter vielerlei anmutigen Verhältnissen, geschwommen und gefahren bin, wovon sich manches erzählen ließe, stehe hier zum Schlusse nur noch die kurze Schilderung eines Besuches, den ich ihr in Gesellschaft des jungen kühnen Fürsten von T. und des Grafen von L. bei ziemlich heftigem Sturm gemacht. – Wir hatten mehrere Tage auf Capri vergeblich auf ruhiges Meer gehofft, sodass Fürst T. ungeduldig ward, und als ein guter Schwimmer, dem Sturm zum Trotz, das Eindringen in die Grotte zu erzwingen beschloss. Als er sich davon nicht abreden ließ, zeigten sich Graf L. und ich ebenfalls zu dem Abenteuer bereit. Nur mit Mühe wurden Angelo und Michele zur Fahrt beredet. Wir nahmen ein ziemlich großes Boot, und unsere Ruderer kämpften sich, durch die weißschäumenden Wogen, bis zur Bucht der Grotte hin.

»Hier ist die Grotte!«, sagte ich.

»Wo?«, fragte der Fürst. Es war nichts von dem niedrigen Eingange zu sehn: Die geschwollenen Wogen verbargen ihn gänzlich. Auf einmal, als die Woge hohl ging, erschien er in der Tiefe. – »Da unten ist der Eingang!« rief ich hastig. –

»Nun gut«, meinte der Fürst: »So erscheint er doch dann und wann, und wir können am Ende doch hinein schlüpfen!?« – Mit diesen Worten war er schon auf einen vorspringenden Felsen hinausgesprungen, und lud uns ein, ein Gleiches zu tun. – Angelo und Michele rangen nun wieder mit dem weißen Geschäum und brachten das zurückgeworfene Schiff, nicht ohne Gefahr, wieder so nahe, dass Graf L. und ich ebenfalls hinausspringen konnten. Fürst T. hatte sich bereits zum Schwimmen entkleidet. Vergeblich versuchten wir ihn, indem wir uns auch entkleideten, von dem Wagstück abzureden. Ehe wir uns dessen versahn, war er von unsrer Seite verschwunden. – »Um Gottes Willen, wo ist er hin?« rief Graf L.

»Gewiss ist er schon hinein!«, antwortete ich: »Es ist entsetzlich genug! Er kann an den Felsen zerschellt sein!«

»Das ertrag' ich nicht!«, rief der Graf.- »Ich muss ihm nach!«

Ich wollte ihn zurückhalten, und an seiner Statt hineinschwimmen; aber, mit mir zugleich, warf er sich wie verzweifelt auf das Wasser, und mit hohler Woge hineingeschlüpft, sahen wir uns in einem Augenblick in der Mitte der Grotte. Den verwegnen Fürsten fanden wir unversehrt. Jubelnd und jauchzend schwamm er in dem himmelblauen Aufruhr hin und her, und wir beide stimmten ein in sein entzücktes Rufen, welches freilich von dem Donner der Brandungen weit überhallt, wurde. Das Schauspiel, welches sich unsern Blicken darbot, war in Wahrheit einzig. Zuweilen kamen die Wogen so hohl an, dass sie das unterseeische Tor auftaten, und das Tageslicht unter dem Felsen durchschimmern ließen. Dann war die Brandung im Innern der Grotte furchtbar schön; denn, wenn sie anschlug, war Tor und Eingang schon wieder geschlossen, und sie schlug über, als eine mächtige blaue Lohe, wozu der zerstiebende Schaum sich wie Rauch gehabte. Kam die Woge jedoch voll an, so schoss ein voller, silberner Strahl bogenförmig zum Eingange herein, und zerstob mit blauem Feuerregen auf dem innen tobenden Gewässer, das ein Geroll von Millionen Edelsteinen darstellte.

Wir konnten uns des Anblicks nicht ersättigen, und wurden, immer hin und her schwimmend, endlich so kühn, dass wir zum Scherz hinaus und hereinschwammen, zuletzt schwammen wir zu dem außen kämpfenden Boote, wo wir von Neapel mitgebrachte Wachsfackeln, Laterne, Feuerzeug, Messstricke und ein gutes Frühstück, alles in eine Kufe gepackt, holten, und glücklich im Innern der Grotte landeten. Wir ließen der Kufe nur einen langen Strick, woran ein gewaltiger Stein hing, und schwammen damit nach der Mitte des Bassins, dessen Tiefe zu messen, – die, – bei dem gewaltigen Gewoge natürlich jeden Augenblick eine andre war. Wir ließen den Stein hinabfahren, dessen Strick sogleich einen von uns auf einen Augenblick mit hinabriss. – Nachdem wir das mittlere Maß in den Schwankungen genommen, gab das Heraufziehn des Steines unendlich viel zu lachen; denn, weil derselbe so schwer war, tauchte jeder Heraufziehende immer etwas ins Wasser nieder, während die Wogen uns Alle samt der Kufe und dem Strick auf die lächerlichste Weise durcheinander wirbelten. Endlich hatten wir den Stein wieder in der Kufe und maßen nun die Grotte nach andern Richtungen. Wir fanden sie etwas über hundert Fuß lang, nicht völlig so breit und das Wasser darin halb so tief. Die sehr ungleiche Höhe der Wölbung über dem Wasser schätzten wir an ihrem Gipfel etwas über dreißig Fuß. – Nach dieser, eben nicht haarscharfen, aber doch nicht überschätzenden Messung, stiegen wir am innern Landungsplatze aus, wenn man ein Emporgeschleudertwerden und hastiges Anklammern, wobei wir ziemlich zerschunden wurden, irgend so nennen darf. Wir saßen dennoch sehr bald herzlich vergnügt auf der umgestülpten Kufe, und verzehrten, das prächtige Toben des Elementes betrachtend, gemütlich unser Frühstück. Aber als die Begierde des Tranks und der Speise gestillt war, entzündeten wir die Fackeln, und eilten den Gang Tibers zu untersuchen. Wir drangen weiter vor, als das erste Mal, zuletzt aber verengte sich der Gang durch zum Teil neue Tropfstein- bildungen so, dass zuerst ich, dann der Fürst zurück- bleiben mussten. So weit der schlankere Graf L. vorge- drungen war, wurde er zuletzt doch ebenfalls geklemmt, und musste umkehren. Das Zurückgehn war nicht so leicht, als das Hineingehn. Wir waren an einigen Stellen leicht hineingeschlüpft, aber beim Herausgehn hatten wir oft stachlige Zacken gegen uns, sodass wir nicht mit heiler Haut durchkamen. – Den großen Gang, den ich bei meinem ersten Besuch der Grotte gesehn, konnten wir mit aller Anstrengung nicht wiederfinden. Hie und da sahen wir die Decke neu eingestürzt, und es ist zu vermuten, dass er so geschlossen worden. Die Fußtap- fen, welche der erste Besuch der Grotte dem weichen Schlamm eingedrückt, fanden wir nun schon in harten Stein verwandelt. – Nach den herabgefallenen Tropfen der Wachsfackeln fanden wir uns sicher nach dem Lan- dungsplatz hin, und warfen uns wieder in das prächtige Element, zogen die Kufe mit den Geräten hinein, und stießen sie jubelnd vor uns her, durch den Eingang, er- klommen den Felsen, und sprangen, schnell angekleidet, wieder in unser Boot. Da der Wind von Norden wehte, beschlossen wir, trotz der Bewegung des Meeres, die In- sel zu umfahren, fanden auch die Wogen an der Südsei- te so mäßig, dass wir die Fahrt mit wahrem Behagen vollbrachten.

Seit jener Zeit wird die Grotte mehr und mehr von Ein- heimischen und Fremden besucht. Manchem erzählen- den Dichter hat sie die Szenerie zu Episoden und Märchen geliehen; ich begnügte mich hier, Einiges von dem zu schildern, was ich darin wirklich erlebt und erblickt habe. –

Eintragung im Gästebuch des Giuseppe Pagano vom 17. August 1826 unter den Namen *Ernst Fries aus Heidelberg* und *August Kopisch aus Breslau*:

Freunde wunderbarer Naturschönheiten mache ich auf eine von mir nach den Angaben unsers Wirtes Giuseppe Pagano mit ihm und Herrn Fries entdeckte Grotte aufmerksam welche furchtsamer Aberglaube Jahrhunderte lang nicht zu besuchen wagte. Bis jetzt ist sie nur für gute Schwimmer zugänglich; wenn das Meer ganz ruhig ist, gelingt es auch wohl mit einem kleinen Nachen einzudringen doch ist dies gefährlich, weil die geringste sich erhebende Luft das wiederherauskommen, unmöglich machen würde. Wir benannten diese Grotte die blaue *(la grotta azzurra)* weil das Licht aus der Tiefe des Meeres ihren weiten Raum blau erleuchtet. Man wird sich sonderbar überrascht finden, das Wasser blauem Feuer ähnlich die Grotte erfüllen zu sehen, jede Welle scheint eine Flamme. Im Hintergrund führt ein alter Weg in den Felsen vielleicht nach dem darüber gelegenen Damicuta, wo der Sage nach, Tiber Mädchen verschlossen haben soll und es ist möglich, dass diese Höhle sein heimlicher Landungsplatz war. Bis jetzt ist nur ein Marinaro und ein Eseltreiber so herzhaft, diese Unternehmung mit zu wagen, weil allerhand Fabeln von dieser Höhle in Umlauf sind. Ich rate aber jedem, sich vorher mit diesen beiden des Preises wegen zu verständigen. Der Wirt, welchen ich seiner Kenntnis der Insel wegen empfehle, will einen ganz kleinen schmalen

Nachen bauen lassen womit dann bequemer hinein gefahren werden könnte. Bis jetzt will ich es nur guten
Schwimmern raten. Sie ist des Morgens am schönsten,
weil Nachmittag das Tageslicht stärker und störender
hineinfällt, und der wunderbare Zauber dadurch ge-
mindert wird. Der malerische Eindruck wird noch erhöht wenn man, wie wir mit flammenden Pechpfannen
hineinschwimmt.

A. Kopisch.